U0915429

HEUP 哈尔滨工程大学出版社

图书在版编目(CIP)数据

土生土长/王宏军著.—哈尔滨:哈尔滨工程大学出版社,2018.4
ISBN 978-7-5661-1845-5

Ⅰ.①土… Ⅱ.①王… Ⅲ.①诗集—中国—当代
Ⅳ.①I227

中国版本图书馆CIP数据核字(2018)第035328号

选题策划 张 玲
责任编辑 张忠远 周一疃
封面设计 Amber Design 琥珀视觉

出版发行 哈尔滨工程大学出版社
社　　址 哈尔滨市南岗区南通大直街145号
邮政编码 150001
发行电话 0451-82519328
传　　真 0451-82519699
经　　销 新华书店
印　　刷 哈尔滨市石桥印务有限公司
开　　本 850 mm×1 168 mm 1/32
印　　张 6
字　　数 91千字
版　　次 2018年4月第1版
印　　次 2018年4月第1次印刷
定　　价 31.90元
http://www.hrbeupress.com
E-mail:heupress@hrbeu.edu.cn

目录 / Contents

目录 / Contents

目录/Contents

目录/Contents

远方(组诗)

❶

登上一段长满野草的
青坡
一条伸向远方的铁路
静寞在眼前
两行承载离别与相聚的
铁轨
清亮得如泪水背后的
双眸
我依昔记得一个佝偻的
背影去了远方

❷

二十三年前

父亲出了趟门儿

我只当他去了远方

我已不再担心他的孤单

两年前

妈妈终于找到了他

我倒是想：

您们不必惦记我

在这边

我有哥哥

照顾我

❸

我已习惯于任何一处

没有起点

亦没有终点的

铁路旁

站一会儿一个人

站一会儿　就算是

又接了趟空站

最近,广场来了许多残疾人(组诗)

❶

已经四天了
在体育休闲广场
人流物流相当集中的晚上
每天都能看到几位
残疾人

他们以各异的行走方式
缓缓地穿行于人流中
有的亲自唱
有的放着音响

相同的是
都带着一个乞讨箱
都是一些悲凉的歌
歌声与他们别扭的肢体
相得益彰

谁看了,谁听了
都会不加迟疑
把手伸进兜里
掏出碎钱
恭敬地放入箱内
算是了却了一桩心事

今天来的是一个
用膝盖走路的人
推着一个与他齐胸的小车
他那奇异的下肢与

车上音响发出的悲凉
叠加在一起
揪心一样

一位少年问妈妈:
这是真的吗
我对少年说:
孩子,这已不重要
只要你心存善良
就够了

我拿出几元钱
让我的儿子
放入了他的箱里
心里还是很沉

这时

身边一位朋友笑着对我说：

哥，这是一个“组织”

很多这样的残疾人

被人操控着

这些人根本得不到他们乞讨来的

钱

他们只是给“老板”

打工的

走在嘈杂的人群中

沿街的烧烤摊

乌烟瘴气

残疾作为鱼饵

去钓善良

❹

我怎么像吃了只苍蝇

懒散的羊儿在天上

天上的云
很白
雪山一样
天上的云
很白
棉团一样
那里藏着我太多
家乡的故事

我恨不得伸手

一把一把地把它们掏出来
摔在地上

就会看到一只只
草地上的羊
悠闲地摆动尾巴
不停地为了寻找更鲜嫩的草
低头前行
一会儿就扎到了一堆
在天地接壤的地方
被烧成了晚霞

一只鸟在笼中

一只鸟儿
在不到一立方尺的笼中
横冲直撞,上下翻腾
我确信她是一个很好的
歌者和舞者
因为她的羽毛和嘴巴
与众不同

我坚信她就是我的
尽管她有一双翅膀

她折腾累了
用一双狂躁愤怒的眼睛看着我
并且张着嘴巴,喘着粗气
我似乎听到了振聋发聩的怒吼!

我只想在清晨不必去
森林和野外
就能听到清亮的鸟鸣
或者在闲暇的时候
可以坐在她的旁边
欣赏美丽的羽毛和灵巧的翻腾

有一天
她终于安静了
目光里写满绝望
也许她明白了
锁住她属于天空的翅膀的
根本不是纵横交错的藤条

在阿城平山景区(组诗)

❶

起起落落的
群山中
毛牛,羊驼,双峰驼
还有矮马
这些异域的
外来者
同我们这些
喧嚣中孤独的
外来人
一同

陪伴着

大山的孤独

唯有背上涂满猫的

脚印的鹿儿

在青草与

密林之间

低着头颅

小心翼翼地

嗅金代的符号

不时地在咀嚼着

九月的群山

走得很疲惫

于那些大多叫不上名字的

树上

显露出来

它们像我喝醉了酒
清醒地沉睡着

一只苍鹰
在高于或接近
地面的空间
穷极它的翼展
犀利的目光
定不放过它想要的
一切
我们便成了它的
猎物

❸

一位在诗坛蛮厉害的南方小伙
以犀牛角的发式
第一次来到松花江的腹地
他的装束正迎合了

这个季节的北方
正如这里对他的
期待

这样的平山
因他和我们
缓缓突起
托着五花
迎着雪的
脚步

虫　果

一脸的红光
与众不同

还没到成熟的季节
那么抢眼
只是
在背后
那早已被蛀蚀的
心
无人知晓

这百媚的世态
人头攒动的大街
仅凭一张脸
你能看懂什么

父亲的猎杀(组诗)

❶

北方的故园
父亲在院子里
亲手建造了一座
玉米楼子
那年冬天
很冷

后院于家的大黄狗
经常在夜深的时候
来叼玉米

父亲驱打了多少次
玉米还是不停地
被叼走

这让父亲很恼怒
连我们的胃里
都舍不得多添一粒玉米

❷
一个月亮给雪地刨光的
夜晚 很深
父亲两腿耷拉在
炕沿上
一个劲地
抽闷烟
我知道
他不光是
在心疼他的玉米

他是在等什么

翌日早上
我在西下屋的地上
看见一张被五根钉子
钉在地上的狗皮
狗毛贴地
上面均匀地铺满了灶灰

❸
父亲是一个安分的人
过去了这么多年
我终于想明白了：
一条不长记性的狗
总去拿别人的东西
即便是为了简单地
填饱肚子
也要付出性命

父亲是一个连蚂蚁
都不忍去踩的人
他没有杀死那条大黄狗
他只是用最简单的办法
从大黄狗的胃里
讨回
属于自己的玉米
除此
他没有别的索求

那个黑孩

这孩儿好可爱,好黑
比清澈的泉水还要黑,还要干净
我想抱一抱他
就像拥抱一小块家乡的土地

我宁愿相信他是一个长不大的孩子
眼里装满地中海南岸的忧伤
还有通过苏伊士那条河
运往太平洋东岸的无耻
和他对强盗的一次次
毛骨悚然

我也相信他和我来自同一个地方

他是我的孩子,我的兄弟

我们有一样的忧伤

和不一样的惊慌

布谷鸟(组诗)

❶

夏日来临
你站在枝头
或振翅
奔袭于绿野
一声声鸣叫:
进屋,进屋,快进屋
把故乡喊得
如此热情

❷

我至今看不到

哪一个是你垒的窝

❸

热恋中的你

却将未来安放在

别人的家里

让那些

神不知鬼不觉的

鸟儿

为你守着梦想

心甘情愿地

哺育并喂养

你的下一代

而他们本能的天性

早早地杀死了

勤劳者的孩子

❹

你每日尽情地逍遥
在清晨
在黄昏
一声声啼血
用不了多久
这假慈悲
就染红了
塞北的
株株高粱

湖　　边

黄昏来得真快
滨州湖粼光泛泛
风暗藏在
涌向岸堤的波水中
它们跳上岸
又一批批被裹进
环湖甬道的匆匆脚步里

偌大的湖面
盛满了喧嚣
却以一脸的平静

对视我的孤独

黑暗一层一层地涂抹
繁星跳入湖底
鱼儿掌灯
去钓岸上一个个
持杆的
人
直至
草丛中的蟋蟀
用薄薄的双翼
一声紧似一声
将黑夜一片一片
撕碎

这 就 是 爱

在屯子的东头儿
一个黄土坑
草木灰、枯秸柴草在
逐年填充它的饥渴

一只老母鸡带着
刚刚涉世的五只小鸡崽儿
在坑里觅食
两只腿不停地蹬刨
小鸡雏认真地看着
她不时地啄出一些吃的

放在那儿
咕咕、咕咕咕地低叫
示意孩子们来吃
然后又奋力地蹬刨
她的肢体语言和低叫
是最美的歌声

阴郁的天空
有几滴雨抖落
母鸡哈下腰
展开两翼
她的孩子们
便撑起了晴空
幸福地紧紧相拥

写给盲诗人董玉明

见到他
我就留下了他的
联系方式
我便想起阿炳
光明,多彩,绚丽
在生命的中途
抛弃了他

他仍抓着诗歌这棵单薄的
稻草
和生活搏斗着

我看见他躲在黑色的
镜子后
睁着已死了的双眼
让更黑的黑裹紧他

太阳走过
纤细的光线
渡上他的诗光
给他送来一位
娇小的女子
做他生活的拐杖
原来没有光明的世界
也是美丽的

雪

雪,那么白
白得让人
不敢去正视它
可它
就怕
暖暖的太阳
掏出它的
黑心

小　草

它活在
小时候经常唱的一首歌里

你看它活得多自在
面对这大自然
它挺直腰杆
坚守自己的信仰
把露珠虔诚地
举过头顶
那是托起一片海呀
我不惊讶它

借着露珠的嘴
一口就吞下太阳

夜晚
它又借来露珠的筛子
把月光晃荡了一地
看星星飞来的一次次
媚眼

静　下　来

我要静一静
就像这
躺在地里的谷子
没有浮躁没有喧嚣
像它们一粒粒
分成行
排在那里
和卧在纸上的文字
一样
藏起欢笑,愤怒,泪水

从不把痛苦和忧伤

喊出来

想做那只猫

阳光暖洋洋地照着
奶奶盘腿炕上
长长的烟袋捏在手间
光阴都被奶奶吐出来
像雾一样飘走了

一张古老的
实木八仙桌
连奶奶都不敢
和它比年龄
它总是在炕上

和奶奶挤空间

桌子底下
常有一只柔软得
无法用语言描述的猫咪
她在午睡
瞧她那毛茸茸的腹部
随着呼吸一起一浮的
一切都那么安静
正如阳光
暖洋洋地笑着
那只猫幸福极了
在睡着……
在睡着……

如今
我好想是那只幸福的猫
在桌下睡着懒觉

或者醒着伸伸懒腰
不时地探头看看
奶奶老花镜下的
花手绢绣好了没有

雷　　雨

风在天上
走夜路
踩响了
地雷
把匆匆回家的
云
吓哭了

迷失的群山(组诗)

❶

起伏的不只是山峦
视觉往往是假象
三个人徒步向上
隐于莽莽群山之中
山,不以我们足下的
路
去丈量

望山跑死马
徒劳是一颗

千年果子
的味道
异于平原的感受

只是一枚枚
红薯安静得
听从摆布
它们从高处
要去远行
其实它们
是涨红的梦想
正如我们
仰视的高处
都在寻觅

❷
我们又何尝
不是风景

只不过
我们在意或者
看重的
羊的主人
正等待着我们的
惊诧

❸
我们三个
自命不凡的
异乡人
在不经意的
途中
捧起原始的生命
本源
甘冽,清凉
在黑暗的深渊处
悄无声息地

过着自己的生活
没有奢望的初始
用最低去抵达
一种高度
正如
这异乡的秋
慢慢地
安静地
回到起点
一切都像
什么都不曾
发生过

❹

八十六岁老者
站在
有古庙的村口
一根木质的长度

握在他的手中
一样藏着生命的
厚度

颜色赋予的一切
都有它的土壤与
归宿
一顶蓝色的假帽
正护着一缕
白丝
与风
窃窃私语

棉　　鞋

锥子钝了
母亲就在自己的头上
去磨它

不知是哪里的树叶和枝条
重重地印在了窗上
麻绳还在千层底上打结
父亲的鼾声很沉

没有犬吠的冬夜
有谁会醒来

灯苗摇晃着风

一夜又一夜

没有人知道

岁月深处雪地上

一串串深深的

脚印

正是母亲用寒夜

支撑我

走向

一个又一个黎明

母亲错怪了一只鸡

两年前的今天
母亲走了
这人世间不只是少了一位
妈妈
而是至少缺了一个儿子

三十多年前
母亲每天都是顶着星星起来
开春以后
早晨起来第一件事
就是奔向鸡架

那十几只老母鸡
被她如数家珍地抓出来
摸了一遍屁股
嘴里不时地念叨：
一个鸡蛋五根铅笔
两个鸡蛋一包洋火(火柴)
七个鸡蛋十个算草本
……
有一年夏天
家里一只叫芦花的母鸡
总丢蛋
母亲经常自语：
你这个败家的东西
白瞎我的谷物喂你
……
后来
芦花也神秘地不见了

有将近一个月的时间

一天中午

那只芦花鸡又出现在院中

不同的是

它显得异常憔悴

面无血色

在它微展的两翼下

依偎着十余只小鸡雏

我惊呆了

在芦花的身上

——母亲

再一次地伟大起来

念 故 乡

年少时多少次都想
逃离那个充满忧伤回忆的河流

多年后在拥挤的楼群里
没有一个路口写着回乡的路牌
贪婪的柏油马路将泥土的气息据为己有
橱窗里衣模的脸生硬冰冷
我找不出和它的差别

有时候我站在
三十层观景台上

朝着故乡方向瞭望
浩渺的烟波成一线清水
水中倒映着门前的杨柳
晃动着低矮的泥草老屋
一群嬉戏的少年在蓝天下的河水中
和雪白的鸭鹅一起翻浪

看着看着
我的泪水已经吧嗒吧嗒掉下来

好想手摇布衫
为一只蝴蝶满山奔跑
如今我却被自己织成的网
捆绑在喧嚣中
如那被拐走的孩子
摸不到自己的家门

只是在每一个节日到来时

用一张大大的草黄色宣纸
写上熟悉的地址和名字
在路灯下的某个街口
等待那个谁也没见过的邮差

背　后

阳光,大地,水
造万物
自然也造我
我源自一粒微尘
或者我本就是一介草
山这样看我
鸟儿这样看我
也许路边满脸堆笑的葵花
也这样看我

我和草木、走兽一样

每天都在攫取
把阳光、泥土、水——
太平洋的水、南极的冰……
堆砌成我的骨骼、肉身
好让我的魂魄栖息

我们连同它们
都是宇宙的孩子
只是草木、走兽
不比我们淘气
在遮云蔽日的霾面前
在海滩被污水弄死的鱼儿面前
它们只能沉默、忍受

是谁在制造杀手
会不会有一天
或者就是现在

一支支乌黑的枪口

正对着我们

暖　　秋

败叶飘落
慢于秋雨
那频率
比秋雨缠绵

环卫工人的
扫帚
紧跟在后面
那橘色的身影
暖了每一条街道的
秋凉

蒲　公　英

蒲公英在等待风
等待风随便将她带到哪里
在那里发芽,生根,开花

无论那里的土地多么贫瘠或富饶
蒲公英在等待风
等待风吹皱她的花
任其花瓣凋零,枯萎,飘落
静静地落地

蒲公英在等待风

等待风送走他们的孩子
让孩子像自己一样在异乡开疆拓土

蒲公英在等待风
等待下一个满眼碧绿
遍地黄花

秋

大地瘦下身来
像经历分娩
的少妇
为爱情
做了一次生死挣扎

然后
一切都安静下来

一脸的疲惫
仍要迎着风

站在冬日的前头

等待春天

再一次地丰满起来

失　眠

凶残的白昼
逼着我
睁着眼睛
将黑夜
瞪死

探　　视

魔爪再次伸向他
脏体之时
又一次袭击了他的
意志
远方兄弟的
颗颗心
被抓得
血光四溅

我跨越高空
于千里之外

来到他的身旁
只作他心灵的
一棵树

我看见他
斜仰于病榻
病房昏暗
堆满了黑
他的目光是
两盏灯
将我的祈福
安放
当我们对视的瞬间
有如夜空的一道闪电
所有的黑都在逃避

他虚弱的身体
发出低沉有力的声音

——一声声地

叫着我的名字

那样的暖

宛若成群的烈马

嘶鸣狂奔

汗血成股

我在期刊上发了点儿东西

一份诗歌界
挺有名气的刊物
在九月的
某一页上
署着我的名字

几行不起眼儿
的文字
歪歪扭扭地
在纸上
跳来跳去

让我的

灵魂不敢有

一点儿塌腰

我　与　茶

我生在北方
并在北方长大
起初认识茶
是在历史教科书的
丝绸之路上
那年月
只有在过年时
才能买一小袋儿
茉莉花茶
或猴王茶
父母小心地捏上一捏

放入竹条外衣的暖瓶里
给来走亲戚的客人喝

至今我也不懂什么茶道
茶对于我
没有品系和等级之分
更不看它越来越华丽
越来越虚空的
外包装
我更不想将茶放入
滚烫翻花的水中
那样对茶
太残酷

我喜欢
在风高星稀的月下
一个人
捏上一点点

放入口中

嚼上一会儿

开始有些苦

转而便是空远的悠香

那滋味

像极了

那些年走过来的生活

胡　　子

它每天都刺破
我的脸皮
尽管一次一次地
被削下头颅

终有一天
不再和它计较
任其在我的脸上
长成秋后的草
摇晃我一世的
沧桑

下　雪　了

入冬的雪
终于下来了
天空像被撕碎的棉絮
在地面上一层层地涂抹

我立于雪地前
不敢挪动脚步
眼下的白茫茫
藏着多少东西
真怕一抬脚

就踩醒那沉寂已久的

童年

风　　塔

支起三片白色的
叶子
站在尽可能高的山岗
似有一双无穷力量的
大手
不停地在捉风
一把一把地藏起来

当夜幕来临
风便以另一种姿态
窜出它的躯体

走进万家
燃亮灯盏,温热炉灶

整个夜晚
风塔
远离人间
在漆黑的高处
默默地转动
从不畏惧和颤抖
它知道
只要多抓一把风
这人世间的黑夜里
就少一份不安
多一丝光明

窗　花

风总能抓住
寒夜的尾巴
将它们
形态各异地
凝结在低矮的
木格窗上

火盆里的烙铁
先于太阳的
温暖
将一片窗花归于

生命的初始
透过冒着热气的
一小块透明的玻璃
几个小脑袋争着看
外面的世界

无外乎
恬静的清晨里
母亲的炊烟早于
太阳升起
几只鸡鸭,或许还有麻雀
在庭院里觅食

如今
再见窗花
农家炕上的火盆
早已陈列在岁月的深处
我试着用舌尖

去温开冰冷
那欢喜的春天
便在我的唇间
开始绽放

忙碌的街道

这世上所有的街道
都是忙碌的
忙碌的街道上
行走着忙碌的人群
坐车的,骑车的,步行的

唯有那一身橙色的
装素
每一串急促的脚步
每一个娴熟的动作
浸在喧嚣之中

总能将我的心跳
调到与之相同的
波段
在日渐冷漠的街道上
唱着暖暖的歌

叠金元宝

一摞儿方方正正的
镀金纸
一千张
要有多么虔诚的心
把它们
一张张地
叠成金灿灿的
元宝

我一张一张地叠下去
横向对折出空间

纵向对折出时间
交错出
往昔的
一幕幕

金元宝一个个地落下去
像父亲的汗珠
滴落在田垄
滴落在村头的打谷场上

父亲活着没见过金元宝
可他从壮年到
佝偻的中年
足可以用来
兑换几枚
只是
它们都消融在了
我和弟弟的成长里

我背起一袋子

若重若轻的金元宝

走在空寂的雪野

远处便是父亲

日渐矮下去的坟头

我跪在那里

点燃了金元宝

它们化作

一缕缕青烟

我知道这原本就是

身外之物

我只是害怕父亲

还那么清贫

马粪，将我与大地隔开

清晨的街道上
一坨儿挂满白霜的
马粪
它的背后
是星夜里
挣扎在城市边缘的
人群

我倒没觉得
它碍了谁的眼
相比

那些在商铺里

堆放的化肥和农药

虽规规整整

却是一种伪善

迟早要跳上我的餐桌

还会逼着我

去药铺,去医院

马粪,将我与大地隔开

谁来为大地疗伤

窗　外

清晨
我站在二楼北阳台
看庭院微雨中的草木
同时入眼的老者
左手拄着一支拐棍
左脚被右脚拖着向前挪动

没有人为他撑起遮雨伞
他蹒跚了一圈又一圈
有如一个刚刚入学的小学生
在田字格上一板一眼地写生字

一行接着一行
那么认真

我断定
他年轻时
大碗喝酒,大块吃肉
甚至嗜烟如命

如今
他还这样不?
——我叼在嘴里的
那支烟
始终没敢点燃

牵　挂

我在办公室
给妻子打了个电话
她今天开车
从娘家回来
我们已经多年
不再谈论爱了
这把年纪
两个孩子尚在读书

她在五百里之外
从大学和我来到这里

都是举目无亲
经常牵挂父母
总说爹妈岁数大了
应多回去看看

回来的路
途经哈市绕城高速
那儿有好多分岔口
她开车就害怕
路两侧的沟
那是她心里的一棵芒刺

我坐在椅子上
拿起电话又放下
她在开车
一个上午
椅子像一块
在加热的烙铁

怀念父亲(组诗)

❶

我有了儿子
想起
做了父亲的父亲!

一双拉着我一天天缩短
与天空距离的手
常常敲打我梦的窗棂
泪在沉睡和清醒之间流淌
不愿醒来!
我怕那刻骨剜心的撕扯!

村头的石磨上
衔着刺鼻的旱烟
坐成了记忆的永恒
随我走向荒凉

如今,石磨还不厌其烦地
卧在那个村头
日复一日地雕刻岁月
我多么渴望坐在上面
模仿着一双充斥着无奈
与希望的目光
在那记忆中风化了的田间小路上
怦然心跳!
一个背着补丁书包的儿郎
徐徐走来

❷

一双手粗糙
在小时候的背上抚摸几下
浑身都舒服

一双手粗糙
锄头把,镰刀把,木锨把,洋杈把
还有镐把,斧把
个个都像煮熟去皮的鸡蛋
油光锃亮
一年的吃烧不愁了

一双手粗糙
柳条,高粱杆,鸡毛,还有脱粒的高粱穗
温顺成箩筐,席篓,掸子,笤帚

一双手粗糙
从不去搓麻摸牌

再苦再难

也没想过伸向他人的口袋或者

去碰别人家的锁

一双手粗糙

不会写欠条

可借了钱或者东西

从没忘去还

就是还不上了

临终也要嘱告孩子去还

一双手粗糙

没摸过餐馆的筷子

却把每个鸡蛋像宝贝一样攒起来

你一年的学费书费凑够了

一双手粗糙

不管什么时候握住你

一股力量始终让你沸腾

一双手粗糙
有那么一天
我抓住了,紧紧地抓住
他却疲惫地松开

❸

离家二十多年了
我一直在寻找那头牛

春天
它把缰绳拉得嘎嘎响
血亮的犁铧,黑黑的泥土
埋着多年的艰辛

秋天满山金黄
一行行沉重的蹄印

把父亲的汗水
成捆驮回家

和它相比
我更觉得愧对父亲

我一直在寻找那头牛
感恩家乡的泥土
每汲取一口营养
都不忘向大地
叩首

每当夕阳向晚
它昂首哞哞地呼唤
我就知道父亲跟在它的身后
走在回家的路上

反　　差

夏日的傍晚
多么悠闲
连风都热得睡着了
花朵，树木，草地
想着自己的心事

人们纷纷走出家门
有去上晚课的孩子
有遛弯儿的中年人、青年人……
他们
有的牵着一条名犬

有的怀抱着一条小狗
边走边和他们的宝贝儿唠嗑
我分不清
是他们在遛狗
还是狗在遛他们
他们此时幸福的背后
有谁在悲哀吗?

在人流中间
我看见一对中午夫妇
推着坐轮椅的老人
边走边比画着
老人目光发滞
只是随着比画频频点头儿

一辆奔驰轿车驶过
敞开的车窗飞出一只水瓶和一些纸屑
开车的那位长发墨镜女子

显得很潇洒
路边的环卫工人
快步上前
用打扫肮脏的工具
将它们迅速拾起

这多彩的人间和发闷的夏天

钟　　摆

在限定的区间内
摇动着春秋

历史的厚重
今日的匆匆
未来的辽远
不过如此

光阴只是一种虚幻
在它的记忆中
没有枯黄,没有翠绿

只是风霜雨雪在轮回

岁月唯有沧桑就够了吗?
生命到底有多远的征途
听
嘀答……嘀答……
一声声的回答!

秋后烧荒

阳光万顷
洒在横躺竖卧的
柴火上

金灿灿的果实
跟随农民
回家过冬了

碧蓝的晴空下
村庄外
一堆堆柴火

像被遗弃的孩子

它们原本属于
农家的炉灶膛
却在宽厚的大地上
升起烈焰和滚滚的
蓝烟
燃尽自己
让这世间戴紧口罩
感受温暖背后的无奈

掏垃圾箱的女人

早晨
在家门与小区大门之间
人们躲闪的垃圾箱旁
行色匆匆的女人
常在我上班的时间伏下身去
我已木然

易拉罐、水瓶敲打
一身污垢的地面
清脆悦耳、刺心
袋子在肿胀

我的沉重她已背起
我不敢去注视
更怕目光
将她的自尊灼伤

中午
在小区周边的路上
我无心街景
专注那个背着袋子的女人
目光去跟随
一块飘滚的泡沫
一只蹦蹦跳跳的水瓶
在她奔跑与弯腰之间
人间少了一些垃圾

晚上
我带着一天的生活垃圾下楼
我知道这个时间

会有匆匆的脚步
在我窥视的箱旁驻足
当人们卸掉一天疲惫的时刻
她又在用纸壳和塑料
将明天的生活筑起

我躲在不被发现的角落
借着院心的灯光
把她的背影目送成星空
久久仰视

三月的大地

北国三月
积雪相约着去看海了
放眼望去
秋天还在大地上
高举着招牌
瑟瑟发抖

枝头的喜鹊
衔着一根枝条
四处张望
想必是还没选定

在哪里去搭建婚房
看样子她可
绝对不想让孩子
一出生就无家可归

伏下身来
翻开堆积的枯黄
呃,一棵新绿撞到了
我的眼神
她瞪着惊恐的双眼
畏畏缩缩
噢,我是不是吓到了她

云朵有些懒散了
谁能再去挥动一下牧鞭
让满山的羊儿
去挑选那
伸手就来的嫩绿

风有些潮了
也许
春雨正在路上歇脚
我听到了
比远方还远的大海
涛声隆隆
是在为第一声春雷蓄积声响吗？

这压抑许久的大地呀
你多么疲惫
你可知道
有多少粒种子
正血脉偾张
为希望
再盼重生
新绿遍野

活　着

有些东西走远了就是走远了
而且越走越远
包括一些人,一些事

如果说还能找回的话
也只能去翻记忆的库房
美丽的、丑恶的都在
它们不因我的存在而死去

哪怕一些让人辛酸痛苦的
在如今的日子里

早已酿出甜美

不信

你就去试试

当我走过一片麦田(组诗)

❶

儿童节那天
在去山里的路上
我途经一片麦田
我被那一片久违的绿
惊呆
以至于久久不肯离去
那早已滚落的露珠
在就要到来的端午清晨
能否清洗一个少年
落满尘土的脸

❷

我多么希望
有一群像我童年的孩子
在这片麦田里
嬉戏打闹撒欢打滚儿
在滚来滚去的麦浪里
追赶飞起又落下
嘴角泛黄的少年麻雀
或者顺着鹌鹑的叫声
去找一窝鸟蛋
哪怕各个弄得一身草浆绿
不到落日不归家

❸

没有孩子的麦田
不是一片好麦田

我断定钢筋水泥的森林里
某些不显眼的角落里
成群的孩子在双休日
读着英文,学着舞蹈,练着水笔字
多少人一直都在坚信:
博学多才一定有用

❹

在这片麦田旁站立良久的我
随风打了个冷战
倘若此时在我身边
真有一群孩子
我不敢问他们:
这一片绿叫什么
我害怕他们非常自信地
告诉我:
那是一片草

我不知道
我该欢喜还是忧愁
我若去反驳他们
我怕伤了孩子的心
因为
这时的麦子真的像草
更像天真的孩子
我又不能
与他们随声附和
一股悲凉从心头掠过
我真担心
一群从小不分五谷的孩子
将如何面对：
谁知盘中餐
粒粒皆辛苦

春 光 无 限

天幕低垂
灰蒙蒙
陌上荒烟堆堆起

大地转身
肌肤坦露
一段往事已陈封

细雨勾起心事
地下多少涌动
奔走的牛羊在猜想

杨树的胸怀又将宽广
周身泛起鹅黄
头上窝巢呼唤远方
是谁一直在守望家乡

是时候了
都忙起来吧
忙起来什么都不想

一个个希望即将被埋起
正如
美好的日子
一天紧似一天地走来

坐在这里很踏实

寂静山林
一座土丘
无声卧雪

石碑孤冷
两行名字赫然
泪水沿着石匠的刻刀
刀刀刺心

荒草风中摇曳

想必是父母伸出
久等的手
孤单无助

爹娘长眠的地方
我更愿
那儿是整个故乡
都说头枕青山
脚踏玉带
老村对望
这一段路
比我余生更长

我已知道
终有一天
我也会依偎在
父母的身旁

从此

这里不再荒凉

几只迷茫的乌鸦

在回老屯的途中
透过颠簸的车窗
有几只乌鸦
在刚刚埋下种子
整齐的黑色田垄上
向前挪动着脚步
走几步就点一下头

它们还没有被绿叶
完全合拢的窝
被风在枝头随意摇晃着

这就是它们的家园
有如四十年前我的家乡
那样的脆弱

我不敢去想
在我返城的途中
是否还能够见到那几只乌鸦
它们在看似肥沃的田垄上
每一次让我担惊受怕地点头
会不会像人类
在祖辈留下来的土地上
吃下自己埋下的毒果
终有一天
接二连三地倒下去

这病态的土地里
究竟为了更多的产出
还能支撑多久

埋

这世上有多少东西
要去埋
贪欲、垃圾……
也许
还有
一些有缘无缘的
爱
恨
甚至一些该与不该死去的
人

而真正让我刻骨的

埋

除了毕恭毕敬地埋下

父母的尸骨

还有

那些为了埋掉腐朽

而被埋的人

令我

痛和追思

会有一天

这些终将把我也埋了

再就是

埋下

种子

我渴盼着

一座土坯老屋的

土垒院墙上

几棵卑微的小草

根植于世代不屈的泥土

从嫩绿到鲜红

寒来暑往

轮回着

秋　　韵

深秋,独自到野外走走
面对秋水和荒草丛生的河畔
看远处蜂拥的村庄
数一数吃着秋草的羊群

深秋,独自到野外走走
白桦树沉默不语像我的心事
懒散地在云朵中穿行
探听雪的消息

碧蓝的天空啊

晚归的雁阵正飞过田野
飞翔的翅膀是否能
捎着我那一年的梦想

晾玉米的老人

白色的水泥路上
一位农民在晾玉米
玉米的脸色惨白
像是一群
等待病历的孩子

他恭恭敬敬地低头劳作
玉米排成一行又一行
都不说话
好像做错了什么

他坚信第一场雪纯白清冽
能够将玉米脸上的惨白
变得红润起来

他年复一年的心血
就是眼下这些待嫁
的红玉米

清　　明

这个值得感伤的日子
会有缠绵的雨
要落下来
落到每个人的心上
敲打着悲伤

在这淅淅沥沥的身后
总有鲜活的东西
站立起来
郁郁葱葱
生生不息

此刻

我多是蹲在十字路口

或是默立于碑前

任凭雨水淋透周身

让压在心底的疼痛

一再发酵

催生我前行的

步伐

春　来　早

春光这样好
风摇醒了枝丫
枝丫赶着牛马
用犁铧在大地上
留下一道道抓痕

那一层一层被扒了皮
的雪
春雨会慢慢抚平伤口
一寸高过一寸的绿
在种田人脸上

灿烂起来

我坐在大树下
看一对儿喜鹊
衔着枝条
布置它们的新房

春 天 里

行道树周身泛青
芽苞裹紧衣领
睡眼惺忪
大地翻转过身来
肌肤黑润
小草在枯黄下
探出头
有些战战兢兢

这多像一个少年
面对这新奇的四野

尽情地憧憬
伴着阳光春风雨露
一天天地
壮实起来

又见母亲

这是在梦里
母亲稳稳地
端坐在炕上
她臃肿而又结实的样子
慈爱如初

我冲动得像没长大的孩子
想一头扎进她的怀里
可我就是走不到她的跟前
这该死的魔障

我已从梦中醒来

枕头上

两个铜钱大的湿痕

是那些钻进旧时光的日子

苦涩,酸甜

春　种

当树木
将一把把绿色的伞
再次撑起
你看那四野
相约规整起来

常年匍匐在土地上的
勤劳的人们
犁锄挥动,牧鞭高举
马达轰鸣,脚步声紧

种子潜下身去
她们将蘸饱汗水
脱胎换骨
喂养尊重生命与劳动的
生灵
在碧绿与金黄的宽度里
除了我对勤劳和艰辛的
敬畏
还有更多的
羞愧难当

卖冰棍儿

三十多年前
我还是个初中生
暑假骑上自行车
驮着装有两百根冰棍儿
的泡沫箱子
走屯串巷地叫卖
为的是开学时书包里
能有写字的本子
为的是家里的盐罐儿
别断了盐

乡下人舍不得花钱
他们常把孵不出小鸡的
鸡蛋煮熟
再滚上泥巴
拿来换冰棍儿
一个鸡蛋两根儿冰棍儿
这让我很懊恼和沮丧

时隔这么多年
我才知道
孵不出小鸡的鸡蛋
叫实蛋
烤着吃要比新鲜鸡蛋
还有营养
原来那时
乡下人的欺骗
也是善良的

蚂蚁搬家

一场暴雨来临之前
树根下的一窝蚂蚁
正忙着搬家

它们用纤细的前臂
托起一枚枚白色的
蚁蛋
成千上万
秩序井然
沿着同一路径
向安全地带进发

这里
没有指挥
没有监督
没有逃避

而人类在灾难来临时
能否像蚂蚁那样
面临危险
保护幼小
勇往直前

托老所门前

临街的托老所门前
门南坐着一排老头儿
门北坐着一排老太太
他(她)们面无表情
两只眼睛像即将
熬尽的油灯

他(她)都曾在
托儿所的窗下
或是小学的大门口
不止一次的

窥视过自己的孩子

他(她)们如今这样的
挤在一条长凳上
孤独堆砌着冷漠
呆滞的目光
搜寻着每个人
过街的脚步
就像一群无助的孩子
倚着门廊
盼着回家的爹妈

我后悔过早地
离开了三尺讲台
不然
我会带着我的学生
到这里

站一会儿
哪怕就站一会儿

初　秋

一只蜻蜓在一株稗穗上
不时抖动着翅膀
两只又大又圆的眼睛
不停地在扫描
来自任何方向的危险

嘈杂的虫鸣在风中
湮没了又涌起
这秋声就像油漆工
一遍一遍地将原野
涂成肃杀的样子

就像我们不知不觉中
已到中年

一只紫燕俯冲下来
又快速地越向空中
我看见那株稗穗
猛地晃动了几下
仿佛一个夏天就这样地
被叼走了

月　偏　食

太阳躲在地球的
身后
向月亮的额头
抛去一把泥巴
一条所谓的天狗
就被
冤枉了几千年

得 与 失

夏日晴空
我喜欢
太阳下
有一片白云
白云下
就会有一片阴凉

我在阴凉下
尽享凉爽
却无意中
丢了自己的影子

心中顿时

升起一片慌张

秋　　夜

急促的,舒缓的蟋蟀声
与那长长短短的虫鸣
像绞索
把黑夜一道道地
捆绑起来

直到一群
顶着一头露水的麻雀
在枝头
叽叽喳喳地
把人们从睡梦中

叫醒

它们才

合拢背上的薄翼

与喊得冒了烟的

喉咙

这个上午真冷

“砰”
这一声响
足以遮蔽夏日的闷雷

一个二十一岁的农村
在城里饭店切墩
的小伙子
把脸紧贴在了城市
发烫的水泥地上
他是从 16 层楼的楼顶
扑下来的

这一段 50 米的自由落体
那么几秒
就穿越了广袤的中国农村
向婚期发出了最响亮的呐喊：
他不做儿子也不当爹了
他想钻进泥土
那里的女孩
结婚不要楼也不要车

可他的骨头比泥还软
他趴在那里
将父母的心
曝晒在那里
瞬间炸裂

这个夏天的一个上午
可真冷

读诗人的诗

时光浸泡在茶水中
我打开一本诗集
在黑白交错的田埂上
我是野地里的蚂蚁
跋山涉水，青草芳香
灵魂的温度试着去孵化
每个僵硬的音符
破壳出欢笑、哀鸣，抑或
紧锁的眉

读诗人的诗

给内心多年的积弊下个引流
或流脓或淌血

读诗人的诗
痛着自己
流他人的泪

深雪(组诗)

❶

大海的梦想
逆风而来
漫过乡村,城市
漫过山谷,平原
把蔚蓝再次纯洁
一层层地
在隆冬的北方
堆砌

深深的积雪

如醉汉
睡得憨沉
是谁的童年探出头来
不畏寒冷
与雪人对视

❷
抖落荣华的树木
多像一个人
了无牵挂地站在雪里
这个世界是安静的

黑鸟立于枝头
一脸的茫然
圣洁刺眼的白
在与之眉目传情

❸

深雪不动声色
任山鸡、野兔……
踏雪而行
比雪更深的地方
它们的孩子
正等待母亲
带回食物
这一路
小心翼翼
躲过乌黑的
枪口

其实深雪的
下面
藏着一个
灿烂的
春天

修　鞋　匠

东四环的一条
深巷里
一位修鞋匠
抡起手中的锤子
正和被岁月磨偏了的
鞋跟儿较劲

他不停地抡着锤子
或者摇着手动缝纫机

当他看见

小区走出的青年人
将一兜儿尚好的
鞋子
扔向路边的垃圾箱时
他狠狠地向鞋脚上
已修好的鞋根儿
又砸了几锤
似乎这个世间
有他缝不完的口子
补不完的残缺

回乡记(组诗)

❶

这三十年
我丢了乡下
乡下丢了祖宗

❷

一排排亮堂的
砖瓦房
在泥草房的头顶
站了起来

这一派繁荣
藏不住老农
脸上那
比土地还要深沉的
劳累与沧桑

❸

他们的脊背上除了
滚来滚去的太阳
还有一堆
为儿女成家
积下的债
在他们入土之前
似乎圆了一个
抱孙子的梦

❹

而那些年轻人呢

他们扛起培养
下一代的大旗
进城了
住楼房
开轿车
偶尔
回到乡下
取点儿笨鸡蛋和小园儿菜

这群幸福的年轻人
让城里的麻将馆
生意红火了许多

❺

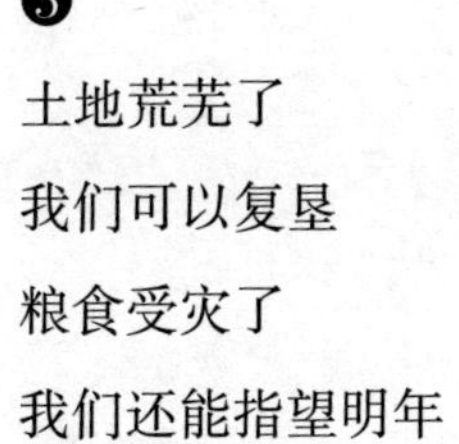

土地荒芜了
我们可以复垦
粮食受灾了
我们还能指望明年

人心长了草

我们还可以治吗？

❻

我坚信“父债子还”

是一种传承

或者美德

我还真一时说不出

像这样一代“子债父还”

的年轻人

与不打粮的土地

哪一个更可怕

生活与诗

生活与诗
这对前世的冤家

有时我就想
它们俩和气一点不好吗？
回头一想
唉
这么多年
与老婆时常吵吵闹闹
我又凭什么去
奢望

生活与诗
不是冤家

去　野　外

走出城市的喧嚣
置身无拘无束的野外
蜻蜓、蝴蝶、蟋蟀主宰着这个季节

行道树和齐身的庄稼
将村庄隐匿
不时的鸡鸣与犬吠
让我确信人烟的存在

一片麦田
走到了生命的尽头

沉甸甸地等待银镰一挥的倒下
蝈蝈的鸣叫
火烧一样的张扬
唰唰碰撞的麦芒
刺伤了谁的童年?

我弯成弓形
蹑手蹑脚,屏住呼吸
一个鱼跃扑下去
在我的掌心
一段远去的岁月
开始心跳

夜　　行

行车灯
盯着前方

夜这身黑斗篷
被撕开了
一条锃亮的口子

看不见的脚步,行囊,牵挂
都裹在了车轮里
这些游走的灵魂
有如行走在雪地上的兔子

飞出山洞的蝙蝠

一轮暖暖的满月
老远地俯瞰着
只是看
什么都不说

鸡 年 吉 祥

这一年最后的
一抹斜阳
连同飘飘洒洒的
过往
像猴子一样
归隐了山林

鸡正挺着
高傲的胸脯
稳健地向我们
走来

多少年以来
我们的先辈
都会在这个夜晚
在庭院摆上供品
燃起香火
跪祈风调雨顺,五谷丰登

多少年啦
被城市拐走的我
都是在这个夜晚
为父亲斟满一盅酒
敬上一炷香
除此
我还能干点儿什么呢?

而生活
生活从未骗过谁

我们更多的还是要学一学鸡

学它们

不停地蹬开双腿

从泥土的深处

刨出闪光的东西

无　　奈

医院里的人流
像春运繁忙的车站
不同的是
在这里的人们
更像遇上一场饥荒

内分泌一诊室
一名十二岁的女孩
浮肿的脸上一双水灵的眸子
很呆
专家大夫看着化验结果

和孩子的奶奶说：
——这孩子要住院治疗
否则随时都有死亡的危险
她的糖尿病并发症很重
奶奶用绝望的口气回复：
——没钱
孩子的妈妈六年前这个病死了
她爸爸去外地务工
已经有几年没回来了
说完拉着孩子的手离开了诊室

我的手攥着一沓儿百元钞票
追到门外
可怜的一老一小
消失在焦虑的人流中

我懦懦地问了医生一句：

——那孩子哪儿的?

——双城兰陵的